VENTE DU JEUDI 14 MARS 1889

HÔTEL DROUOT, SALLE Nº 8.

OBJETS D'ART

ET

CURIOSITÉS

DE LA RENAISSANCE

EXPOSITION PUBLIQUE

LE MERCREDI 13 MARS 1889

DE UNE HEURE A CINQ HEURES

Mᵉ PAUL CHEVALLIER	**M. CHARLES MANNHEIM**
COMMISSAIRE-PRISEUR	EXPERT
10, rue Grange-Batelière, 10.	7, rue Saint-Georges, 7.

ADDITVS
IMPRIMERIE DE L'ART

CATALOGUE

DES

OBJETS D'ART

DE LA RENAISSANCE

ÉMAUX DE LIMOGES

Faïences et Terres émaillées — Grès allemands

Plats hispano-mauresques à reflets métalliques

Bronzes d'art — Deux belles Statuettes florentines du XVIᵉ siècle

Orfèvrerie d'argent

Cuivres — Étain — Armes — Fers

SCULPTURES EN BOIS DES XVᵉ ET XVIᵉ SIÈCLES

Groupes — Statuettes — Bas-reliefs — Panneaux

Ivoires — Cires — Vitraux — Retables — Coffrets

Armoire flamande — Cabinet italien

TAPISSERIES

Broderies — Orfrois, etc.

DONT LA VENTE AURA LIEU

HOTEL DROUOT, SALLE N° 8

Le Jeudi 14 Mars 1889

A DEUX HEURES

Mᵉ PAUL CHEVALLIER	M. CHARLES MANNHEIM
COMMISSAIRE-PRISEUR	EXPERT
10, rue de la Grange-Batelière, 10	7, rue Saint-Georges, 7

EXPOSITION PUBLIQUE

Le Mercredi 13 Mars 1889, de 1 heure à 5 heures.

CONDITIONS DE LA VENTE

Elle sera faite au comptant.

Les acquéreurs payeront, en sus des adjudications, *cinq pour cent* applicables aux frais.

L'exposition mettant le public à même de se rendre compte de l'état des objets, il ne sera admis aucune réclamation une fois l'adjudication prononcée.

Paris. — Imp. de l'Art, E. Ménard et Cie, 41, rue de la Victoire.

DÉSIGNATION DES OBJETS

ÉMAUX DE LIMOGES

1 — Plaque en demi-circonférence, peinte en grisaille sur fond noir avec rehauts d'or, par
Léonard Limousin. — Haut., 11 cent.; larg.,
23 cent.

2 — Plaque rectangulaire, en hauteur, peinte en
émaux de couleur avec rehauts d'or; elle est
divisée en deux compartiments superposés;
celui du haut représente Jésus au Mont des
Oliviers; l'autre, Jésus lavant les pieds des
apôtres. XVIᵉ siècle. — Haut., 19 cent.; larg.,
9 cent.

3 — Plaque circulaire, peinte en grisaille sur fond
noir : Buste de Bacchus, de profil à droite. —
Diam., 26 cent.

4 — Plaque ovale : Buste de guerrier, en gri-

saille, les chairs légèrement rosées. — Haut., 17 cent.

5 — Tasse à six lobes et à deux anses, à décor de fleurs polychromes sur fond blanc. Au fond, une grisaille à rehauts d'or représente la Salutation angélique; le revers est orné de fleurs arabesques en dorure et émaux transparents sur fond noir.

6 — Petite plaque circulaire, peinte sur émail et représentant la Sainte Famille; elle est fixée sur une boîte de bois.

FAIENCES — TERRES ÉMAILLÉES — GRÈS

7 — URBINO. XVI° siècle. Plaque cintrée et peinte en camaïeu, représentant la Sainte Famille, d'après le *Pérugin*; elle est placée dans un encadrement en forme d'arcade décorée de figures d'anges, de mascarons et d'ornements en bas-relief, émaillés en couleur. — Haut., 56 cent.; larg., 40 cent.

8 — CASTEL-DURANTE. Cornet à fond gros bleu et trophées d'armes en camaïeu; sur la face, mé-

daillon-buste à fond rouge dans une couronne de feuilles vertes.

9 — CASTEL-DURANTE. Plat rond, décoré de trophées d'armes, en grisaille sur fond bleu.

10 — Coupe en faïence, décorée intérieurement d'un buste de prince en costume du XVIe siècle, émaillé en couleur et ressortant sur fond jaune.

11 — Applique porte-lumières formée d'un buste d'homme en haut-relief, avec bras en ronde bosse. Terre émaillée de B. Palissy.

12 — Plat en terre émaillée de B. Palissy, à sujet : Suzanne au bain.

13 — Autre, représentant le Baptême du Christ.

14 — Grand plat à reptiles sur fond jaspé, de la suite de Palissy.

15 — GRÈS ALLEMAND DU XVIe SIÈCLE. Cruche en grès jaunâtre relevé d'émail bleu, décorée d'ornements en relief et d'une arcature médiane contenant des sujets à personnages.

16 — GRÈS ALLEMAND. Cruche à corps ovoïde, décorée d'une rosace et de losanges en relief, sur fond d'émail bleu et brun.

17 — Petite cruche conique en grès jaunâtre, à décor d'armoiries en relief, avec couvercle en
étain. XVIᵉ siècle.

18-19 — Deux plats à ombilics en faïence hispano-
mauresque, à reflets métalliques relevés de
bleu.

20-21 — Deux plats à ombilics en même faïence,
décor à reflets métalliques sur email jaunâtre.

22 — Petit plat de même faïence, à décor rayonnant
relevé de bleu.

23 -— Autre petit plat d'ancienne faïence hispano-
mauresque à reflets métalliques. décor à fleurs et
quadrillés.

24 — Autre, traversé par une bande striée, entre
des motifs fleuronnés.

25 — Autre, à quatre compartiments radiés avec
rehauts de bleu.

26 — Plat en faïence de Rhodes, à réserves de fleurons rouges sur fond vert.

27 — Plat hispano-mauresque à reflets métalliques,
décoré d'un aigle héraldique.

28 — ARANDA DE LA REYNA. Plat en faïence, à

grand médaillon peint en bleu, représentant
l'Escurial, et à marli décoré de lobes vertes sur
fond jaune.

29 — Plat de même faïence, à armoirie de cardinal
et bordure à sujets de chasse polychromes sur
fond blanc.

30 — ALCORA. Petite plaque ovale à bordure sail-
lante, décor polychrome : le Couronnement de
sainte Barbe.

31 — Deux cruches ovoïdes à parois ajourées, en
faïence allemande émaillée vert, à décor de rosaces et d'armoiries.

32 — Plat d'ancienne porcelaine de Chine, décoré
en bleu ; au fond, groupe de figures sous une
tonnelle ; au marli, des réserves à fleurs et pa-
pillons sur fond bleu quadrillé.

BRONZES D'ART — CUIVRES

33 — Deux belles statuettes en bronze florentin du
XVIe siècle : Saint Jérôme et saint Jean, élevées
sur socles ronds à gorges. Pièces d'un grand
caractère. — Hauteur totale, 51 cent.

34 — Pied de flambeau en bronze italien, formé de trois cariatides de femmes ; patine noire.

35 — Deux pommes d'amortissement surmontées d'une tête de lion ; bronze doré du xvie siècle.

36 — BRONZE ANTIQUE. Anse à moulures longitudinales et à gravures ; bronze romain à patine verte.

37 — Deux ornements de bronze antique, formés chacun d'une baguette de bronze roulée en spirale.

38 — Haut-relief d'applique : Figure à mi-corps de la Vierge portant l'Enfant Jésus ; têtes et mains en bronze doré ; les costumes en albâtre. xviie siècle.

39 — Deux statuettes en bronze antique, dont une a les yeux incrustés d'argent.

40 — Statuette de génie assis, en bronze italien.

41 — Lot de petits objets en bronze, manches de couteaux, etc.

42 — Bas-relief rectangulaire : Bacchante et Satyres. xviie siècle.

43 — Médaillon en bronze doré · le Pape Alexandre VIII (1689).

44 — Médaillon en bronze doré : Buste d'homme.
XVIIe siècle.

45 — CUIVRE REPOUSSÉ ET DORÉ. Bas-relief en
forme de frise, représentant le Calvaire. Travail
de la fin du XVIe siècle.

46 — Chauffe-mains en cuivre gravé et repercé à
jour. Ancien travail persan.

47 — Quatre branches en cuivre provenant d'un
lustre en cuivre.

48 — Deux beaux chenets Louis XIII en cuivre,
formés de vases à flammes, sur supports à volutes et griffes.

49 — Bas-relief circulaire en bronze, représentant
un chasseur indien. XVIe siècle.

50 — Deux plaques de cuivre gravé et doré, à
figures et motifs d'encadrement. XVIe siècle.

51 — Plaque rectangulaire de bronze champlevé, à
inscription en caractères gothiques, avec la
date *1481*.

ÉTAIN

52 — ÉTAIN. Grand plat rond de Enderlein, à riche
décor de figures et d'ornements en relief. L'om-

bilic, représentant Adam et Ève, est entouré de médaillons à figures allégoriques, séparés par des cariatides. Le marli est occupé par douze cartouches contenant les figures équestres des empereurs romains, séparées par des vases de fleurs.

ORFÈVRERIE

53 — Beau hanap en argent ciselé, gravé et doré partiellement; un masque de satyre grimaçant se détache en relief sur le déversoir; le culot est entouré de petites gaines verticales posées sur des cuirs; le piédouche est orné de godrons; l'anse est en forme de crosse. XVIe siècle.

54 — Bassin à ombilic en argent gravé, ciselé et doré; les bords sont chargés de rinceaux feuillagés repoussés. XVIIe siècle.

55 — Hanap en argent doré, à anse carrée et déversoir orné d'un mascaron et d'une draperie.

56 — Custode ronde en argent, à bord garni d'une crête fleurdelisée, à pourtour gravé à inscription, à couvercle conique et à piédouche décoré

d'ornements ajourés. Travail espagnol du XVIe
siècle.

57 — Reliquaire rectangulaire à ornements et inscription en relief, élevé sur piédouche, à tige
garnie de petites consoles détachées et à pieds
lobés. Orfèvrerie espagnole du XVIe siècle.

58 — Nœud de croix en argent, à figures d'apôtres,
colonnettes détachées et pinacles. XVIe siècle.

59 — Salière Renaissance, de forme triangulaire, à
ornements en reliefs, élevée sur trois pieds contournés.

60 — Quatre écoinçons de livres, deux appliques
et deux fermoirs (dont un incomplet), le tout en
argent. XVIIe siècle.

ARMES — FERS

61 — Casque hémisphérique en ancien damas de la
Perse, couvert d'entrelacs ciselés en relief et
muni d'une pointe quadrangulaire, d'un porte-
plumail et d'un nasal damasquiné d'or ; au bord
inférieur est fixé un camail de mailles.

62 — Poudrière à base évasée, décorée de plaques

en ivoire finement gravé, à sujets tirés de l'Iliade, avec encadrements en placage d'ébène. XVIᵉ siècle.

63 — Poudrière en os décorée de gravures, à figures et imbrications. XVIᵉ siècle.

64 — Autre en corne de cerf sculptée sur une face et gravée sur l'autre.

65 — Arquebuse à rouet du XVIIIᵉ siècle; canon et platine décorés de gravures; monture enrichie d'incrustations en os gravé : animaux et arabesques.

66 — Couperet à manche en os et fer décoré de gravures : attributs et inscriptions. XVIIᵉ siècle.

67 — Petit fusil à pierre et à canon décoré de trophées d'armes dorés et relié à la crosse au moyen d'une charnière; la platine porte le nom de *Dupont, à Paris, rue Jacob.*

68 — Pertuisane de l'époque Louis XIV, à fer couvert de gravures.

69 — Épée du XVIIIᵉ siècle, à lame triangulaire gravée à inscription et à poignée en fer ciselé et doré.

70 — Couteau de chasse à lame courbe décorée d'armoiries gravées et dorées. XVIIIe siècle.

71 — Deux grands landiers et une garniture d'âtre en fer forgé et ouvré du XVIe siècle, à décor de têtes chimériques, de feuilles, de rinceaux contournés, de tiges tournées en balustre, etc. Belle pièce.

72-73 — Cinq clefs ouvrées, l'une à dauphins, les autres à rosaces ajourées et chiffres. XVIIe et XVIIIe siècles.

74 — Petit cadre en fer repercé à jour et à clous à facettes.

BOIS SCULPTÉS, IVOIRES, CIRES

75 — Bois sculpté. Croix-reliquaire finement sculptée et fouillée à jour. Ancien travail gréco-russe

76 — Bois sculpté. Groupe représentant la Vierge couronnée, vêtue de long et portant l'Enfant Jésus. XVe siècle.

77 — Deux corbeaux en chêne sculpté, l'un à tête de satyre et volutes, l'autre à figures soutenant un écusson.

78 — Haut-relief en chêne sculpté, peint et doré : groupe représentant la Vierge évanouie soutenue par saint Jean et par une sainte femme. xvi⁰ siècle.

79 — Bois sculpté. Frise représentant en bas-relief, Adam et Ève, des oiseaux, des fruits et des centaures. xvi⁰ siècle.

80 — Bois sculpté. Deux beaux panneaux de meuble du xvi⁰ siècle, sculptés en bas-relief, à figures de déesses, cariatides ailées, aigles et guirlandes.

81 — Bois sculpté, peint et doré. Groupe de haut-relief : Sainte Anne et la Vierge. xv⁰ siècle — Haut., 1 m. 10 cent.

82 — Bois sculpté. Groupe-applique : Dieu le père soutenant le Christ mort.

83 — Bois sculpté. Haut-relief : la Présentation. xvi⁰ siècle.

84 — Bois sculpté. Haut-relief représentant la Déposition de la croix. Bon travail flamand portant la marque en creux au feu, dite *à la main*, de l'artiste anversois.

85 — Buis sculpté. Groupe en ronde bosse : la Vierge portant l'Enfant Jésus. Travail français du xvii⁰ siècle. — Haut., 31 cent.

86 — Buis sculpté. Autre petit groupe : la Vierge
et l'Enfant, de même époque. — Haut., 20 cent.

87 — Ivoire. Groupe en ronde bosse : la Vierge
assise portant l'Enfant Jésus. Travail italien du
xvie siècle. — Haut., 14 cent.

88 — Panneau gothique composé de deux fenes-
trages à meneaux fleuronnés.

89 — Dix panneaux de bois sculpté, à décor de
médaillons-bustes, fleurons et losanges du xvi^e
siècle.

90 — Bois sculpté et peint. Figure-applique de
Dieu le père, en chêne sculpté de haut-relief.
xve siècle.

91 — Bois sculpté. Statuette en chêne de la Vierge
Marie agenouillée devant un prie-Dieu portant
un écu armorié. xvie siècle.

92 — Ivoire. Bas-relief rectangulaire représentant
le Calvaire. Travail du xviie siècle.

93 — Ivoire. Deux pièces : un pion de trictrac et
un petit amorçoir.

94 — Ivoire. Petit bas-relief circulaire à figures
religieuses et dragon. xive siècle.

95 — Ivoire. Statuette de saint Jean, vêtu de long. Travail du xvᵉ siècle.

96 — Hauts-reliefs en cire coloriée au naturel : quatre figures à mi-corps. Travail du xviiiᵉ siècle.

OBJETS D'ART VARIÉS

97 — Petit vitrail suisse de forme ovale, à figure et armoiries avec inscription et date : 1635.

98 à 100 — Trois vitraux anciens : la Vierge et l'Enfant, saint Jean l'Évangéliste, Jésus au temple.

101 — Petit tableau cintré du haut en verre églomisé, représentant une femme en costume du xviᵉ siècle, portant une corbeille, sous un portique.

102 — Cinq couteaux à manches d'ivoire terminés par des groupes de personnages sculptés en ronde bosse ; ils sont placés dans une gaine de cuir ouvré en forme de poisson. xviᵉ siècle.

103 — Petit retable à panneau central en chêne sculpté en haut-relief, et représentant la Nativité, et à volets peints représentant l'Annonciation. Travail flamand du xviᵉ siècle.

104 — Triptyque de l'École flamande de la fin du
xvᵉ siècle. Le tableau principal représente la
Vierge, vêtue de blanc, allaitant l'Enfant Jésus ;
sur chacun des volets est peinte une figure
d'ange, l'un jouant de la harpe, l'autre de la
mandoline.

105 — ÉCOLE FRANÇAISE. Deux portraits en buste.
Époque Louis XIII.

106 — Tableau de l'École allemande du xvıᵉ siècle :
Allégorie de la Vie.

107 — Feuille de missel, grande planche gravée et
coloriée sur vélin. xvᵉ siècle.

108 — Coffret rectangulaire en cuivre gravé, entiè-
rement recouvert de rosaces, de chimères et de
bandes ornementales. Ancien travail persan.

109 — Coffret à couvercle en toit, plaqué d'ivoire,
avec penture, fermoir, poignée en cuivre gravé
et doré ; l'intérieur est en marqueterie de bois et
d'ivoire. xvıᵉ siècle.

110 — Coffret à couvercle bombé en cuir noir gaufré
en creux et doré au fer, à décor d'oiseaux et de
chiens dans des paysages. xvııᵉ siècle.

111 à 113 — Trois graphomètres en cuivre gravé,
munis de boussoles. xvıııᵉ siècle.

114 — Cadran solaire de forme octogone en ardoise gravée, portant un double blason sculpté en relief. xviiie siècle.

115 — Deux boussoles en ivoire gravé du xviie siècle.

116 — Boîtier d'horloge cylindrique, à couvercle ajouré, en cuivre gravé et doré de la Renaissance.

117 — Médaillon rond en argent contenant des peintures sous verre, datées 1603.

118 — Petite Romaine en cuivre gravé et doré du xvie siècle.

119 — Planche de bois gravé pour imprimer les cartes. xve siècle (?).

120 — Planche de bois gravé, divisée en quatre compartiments, représentant un tisserand, un drapier, un relieur et un meunier.

121 — Cadre Louis XIII plaqué d'écaille et garni d'appliques de cuivre.

MEUBLES

122 — Petite armoire flamande en noyer sculpté du xvie siècle, de forme monumentale et d'une riche ornementation; deux colonnes détachées cou-

vertes d'ornements en relief et en creux décorent les angles en chanfrein et supportent l'entablement ; les portes présentent des figures et des mascarons de haut-relief, et des consoles superposées forment le couvre-joint.

123 — Petite table-support en chêne, à pieds tournés sur patins reliés par une arcature. Style Renaissance.

124 — Coffret à couvercle en toit, en bois sculpté et doré, à décor de mascarons, dauphins et rinceaux fleuris. xvie siècle.

125 — Beau cabinet italien du temps de Louis XIII, en marqueterie d'ivoire et d'ébène ; première partie à porte à colonnettes entourée de tiroirs ; il ferme à deux vantaux également incrustés d'ivoire.

126 — Contador portugais en bois dur, garni d'appliques de cuivre découpé et doré.

TAPISSERES — BRODERIES

127 — Tapisserie de la Renaissance, à groupe de personnages sur un fond de verdure. Large bordure à figures de divinités de la fable et à médaillons et vases soutenus par des satyres.

128 — Belle tapisserie de l'époque Louis XIV, signée : *I. de Tombe*, représentant l'Amour et une nymphe chasseresse dans une forêt; bordure composée de rinceaux et d'ornements feuillagés. — Haut., 2 m. 90 cent.; larg., 3 m. 25 cent.

129 — Fragment de tapisserie des Gobelins, de l'époque Louis XIV.

130 — Tableau en broderie de soies et d'argent, représentant la Pentecôte. XVIᵉ siècle.

131 — Tableau en broderie d'or et de soies, du XVIᵉ siècle, représentant l'Annonciation; cadre de bois rose à filets d'ébène.

132 — Chaperon en velours grenat, à médaillon représentant saint Pierre, dans des encadrements de feuillages en broderie de soie et d'argent. XVIᵉ siècle.

133 — Deux beaux orfrois du XVIᵉ siècle, à médaillons : Figures d'apôtres.

134 — Bande de brocatelle italienne du XVIᵉ siècle, jaune et rouge.

135-136 — Quatre morceaux d'ancienne soierie et brocarts variés de dessin.